カーネーション

carnation
Gokan Tatsuo

後閑達雄句集

ふらんす堂

序句

さみどりのカーネーションは君の花　郷子

目次

装画・つげ忠男

句集　カーネーション

I

母にまだレモンを握る力あり

鯛やみそ汁ができ米が炊け

アパートの窓食み出せる稲光

すぐに死ぬ鈴虫買つてもらひけり

鈴虫や母を眠らす偽薬

屋上へ螺旋階段ちちろ虫

印鑑に息かけてをり草雲雀

秋晴や母の匂ひの部屋を出て

ひとつづつ持ち上げて捥ぐ林檎かな

新蕎麦や静かに並ぶサラリーマン

青蜜柑どこへも行けぬ母と食ぶ

古き良きバーボンの香や火の恋し

ホットケーキの穴ふつふつと冬はじめ

歯磨きのチューブ立たせて冬はじめ

酉の市父の唇荒れてをり

返り花母に返事をして欲しく

すれちがふ人のなき日の落葉かな

寝返りの耳に冷たき枕かな

熱燗や炭に油の落つる音

焼鳥を食べをる肘のぶつかつて

店員が火を付けに来る牡丹鍋

おでん屋の窓開けて買ふがんもどき

冬蠅の滑り落ちたるバスの窓

ケロちゃんの薬箱より風邪薬

元日や母の手を取り話しかけ

起きるまで鳴り続けたる初電話

初夢の母はエプロンしてをりぬ

雪もよひ悲しい時に飲む薬

風呂を出て水仙の前通りけり

水仙やハンドクリーム手首まで

それぞれに一本の影針供養

恋の猫呼べば悲しき顔をして

恋猫や歯よりも白き安定剤

小松菜にきりんの舌の届きけり

つばくらめ写真を外す写真館

楤の芽や突然雨の降り出して

黄水仙男も鏡覗きけり

母もまた無名俳人初ざくら

おむすびの海苔しつとりと桃の花

本棚に戻らぬ句集春の月

教壇の一段高きヒヤシンス

ぶらんこの白い老人ホームかな

猫の子の鳴きつぱなしの体重計

空瓶の十円だつた頃の夏

牡丹から見えぬ所に喫煙所

カーネーション母起さずに帰りけり

少年に口止めされし鰻魚籠

魚屋の水に流されれ蟻の道

運河てふ駅を降りれば夏つばめ

父の日や万年筆に憧れて

羽抜鶏うさぎの耳を突きけり

夕暮れて網戸の虫を弾きたる
一晩に百句作れず月見草
天道虫付けて花束届きけり

かなぶんをまた裏返す猫の脚

噴水を離れ携帯電話かな

陰口にストローまはるソーダ水

夏の風邪待合室に置く帽子
暑気払ひ遠い人ほど早く来て

Ⅱ

要らぬもの捨てられぬものばかり秋

星月夜鼻の濡れたる猫にキス

星月夜ガードレールに手を触れて

採血のまつくろな血や秋暑し

新月や安定剤を六種類

どの頰も輝いてゐる夜学生

欠伸する母の口元拭く夜長

蜩や劇薬とある処方箋

一駅の豊島園行き萩日和

馬追の鳴き止む朝の来たりけり

天井に闇満ちてくるちちろ虫

想像のつく晩年や鰯雲

影踏めば影のおどろく草の花

秋の日の鶏を抱く写真かな

国産の唐辛子より辛いやつ

松茸や口の堅さを見込まれて

手の中の蝗が黒きものを吐く

運動会蛇口を下に向け帰る

手のひらの中の小鳥が眠りたる

箸は浮きフォークは沈む居待月

何もせぬことが治療や菊日和

傘立に自然薯立ててありにけり

栗ごはん炊きふさはしく暮らしけり

猫の絵の猫の缶詰秋深し

君の嫌ひな東京も冬来る

十キロも痩せたる母に冬来る

生き延びて生き延びてゐる母に冬

木枯しや仕事を探すこともなく

シンバルを磨くドラマー冬日差す

木の葉髪音を立てたる紙の上

大根と大根の葉の御御御付

カーテンを閉めて冬空隠しけり

赤蕪を赤くなるまで洗ひけり

鳰やレモンに淡くなる紅茶

納豆汁吾に足りなきセロトニン

アパートの下にしばらく焼芋屋

本棚の上の箱よりブーツ出す

頓服をたくさんもらひ冬籠

数へ日の皮ごと食ぶる林檎かな

あたたかき年越蕎麦を一人きり
新宿のとても大きな嫁が君
寒梅やまだ使はれて黒電話

冬いちご歯医者の麻酔まだ効いて

水仙やウッドベースのハウリング

鮨桶に朱色の屋号春隣

サンドイッチ倒さぬやうに食べて春

犬ふぐり一緒に蹰む人はなく

白梅に朝の小鳥の来てをりぬ

地虫出づジャズにベースのうねりあり

悲しみに灯を入れにけり朧の夜

朧月明日が今日になりにけり

野に遊ぶ自律神経失調症

しばらくは面会禁止土筆摘む

蓬摘む母を迎へに行く思ひ

向ひ合ふ食事楽しき黄水仙

花疲れインコが肩に来て止まり

花吹雪胃ろうをするか問はれをり

働かぬきれいな爪やスイトピー

仔猫の尾手をすりぬけて行きにけり

春の昼盛りの来ない猫に餌

重ね置くテニスラケット花林檎

菜の花や麺を茹でるにフライパン

春の鴨風切羽の美しく

病院の静かなテレビ春深し

柏餅同級生の店で買ふ

カーネーション母に抱きしめられしこと

夢に色いつから付きし巴旦杏

牛乳に弱きおなかやこどもの日

鍋肌に垂らすしやう油や傘雨の忌

鍵入れるコインポケット若葉風

紫陽花や母から点滴を外す

ギブソンの鳴り悪くなり額の花

五月闇ヘッドライトのハイビーム
燕の子嘴を閉づれば小さかる
電線に止まることあり行々子

麦畑を波となり風進みをり

時鳥母と会ふ日のよき目覚め

黒揚羽真つ赤な花に止まりたる

うれしさのすぐ顔に出て柿若葉

運命の人から電話なきシャワー

アパートの階段に蜘蛛囲を張れる

夏薊少女の腕は雨はじき

空き缶を拾ふ手伝ひ夏蓬

コンビニのゼリーに小さすぎる匙

麦茶煮る薬缶の蓋をずらしつつ

金魚ならベッドの母を看てくれる

仙人掌の鉢を廻せば花があり

玄関を入つて来たる油虫

Ⅲ

野良猫が選びし吾が家秋うらら

こほろぎや死ぬのが急に怖しく

こほろぎは鳴かぬ集中治療室

看護師に灯りをつけてもらふ秋

秋茄子の病院食やあたたかき

爽やかに退院の日の着替かな

冷ややかな外来へ行く車椅子

牛乳に溶かすココアや獺祭忌

残業も夜勤もありし衣被

もう一度梨を剝いてよお母さん
コンビニへ用なき鵙の鳴きにけり
初さんま父の昼酒長くして

疲れたら左手で書く夜長かな

糖質の量をノートに雁渡る

箸立にわづかな隙よ走り蕎麦

胡桃の実ギターケースのポケットへ

秋深し唇に涙は止まる

作者亡き後の続刊秋深し

暮の秋何をやつても報はれず

肌色の岩波文庫初しぐれ

四時からの相撲中継日の短か

一人より二人の方が寒からむ

冬の蜂人に踏まれてしまひけり

ねんねこの中から月を見し記憶

冬籠ギター一本売りに出し

鞦や賄ひのあるアルバイト

太陽に寿命ありけり日向ぼこ

煙突の下は炎やクリスマス

病院のキッズコーナー聖樹の灯

うつの底抜けいつまでも冬の雨

思ひ出し笑ひしてゐるマスクかな

虎落笛空つぽの言葉があふれ

いつもより遅く来る猫冬の月

木々の間の光と遊ぶ冬雀

新しい暦の上の古暦

数へ日や肺に小さな影生まれ

少しづつ大きく聴こえ除夜の鐘

風呂敷の結び目ゆるき初雀

父のごと口を開かぬ寒蜆

これからの道あるごとく春を待つ
あまたある出口のひとつ春を待つ
立春やおかずに海と山のもの

山笑ふ卵の自動販売機

時間とは音を立てずに春の雪

鳥雲に伝言板のありし頃

ラの音の時報鳴りたるうららけし

リクエスト届くラジオや春の星

紫木蓮しあはせかふしあはせか母は

宝くじ売場のそばの柳かな

貝殻をひとつ拾へば花の雨

夕桜電話の声をほめられて

春の灯にうすくなりたるお母さん

母は逝く桜がすべて散る前に

耳の骨きれいに残り遠蛙

骨壺と少しはなれて春の夢

仰向けの涙は耳に春愁

手を挙げて届くはずなき春の空

かたくりの花にくすぐつたいところ

春日傘ときどき時計覗きをり

菜の花や二人で歩く雨の中

早口のセキセイインコ風光る

エプロンのパンの匂ひや風光る

躑躅とは読めても書けぬ花である

海水を水族館へ運ぶ夏

灯火に光るギターや夏はじめ

近眼の瞳きらきら余花の雨

花束に一本白きカーネーション

配達の自転車並ぶ柿若葉

植込の中の昼顔抜かれけり

洗面器落としたる音羽蟻の夜

端居して爪切りの刃が光りけり

桜桃忌黒くて重き雨具着て

短夜の雨がフロントガラス打つ

よく見ればばかはいくないぞ蝸牛

新しい薬を飲みて長き梅雨

薫風やピアノの鍵を開けるとき

夏至の朝わが四肢はまだ夢にあり

夏草に濡れてゆきたる牛の脚

父の日や分解掃除して壊す

かなぶんを姉に投ぐれば当たりけり

百合ひらく母が近くにゐる気配

日傘さす母の小さき写真かな

泣きしあと夕焼になる別れかな

蟬よりも低き所に蟬の殻

草いきれ沼の匂ひの混じりたる

髭を剃る顔にも飽きて夜の秋

夏逝くやボタンダウンの青いシャツ

Ⅳ

法師蟬父が作務衣に袖通し

秋めくや猫が蜂の巣啌へ来て

稲妻に照らされてゐる眼鏡かな

栗泥棒台風よりも早く来て

ゆつくりと帰つてゆくよ茄子の牛

衣被雨の匂ひのトレーナー

Gパンに Gジャン九月終はりけり

思ふより東に出でて今日の月

あきらかに猫がもの言ふ良夜かな

ポケットにギターのピック鰯雲

前の駅カーブに消えて秋桜

テレビ消し灯りを消して秋の声

ピザ窯の炎やはらか秋の雨

ボス猫の甘え上手や金木犀

音のなき電気自動車金木犀

鵙鳴いて煮物の鍋を焦がしたる

鶺鴒の許す近さに歩み寄る

栗ごはん三合炊いて三日食ふ

文化の日頼めばすぐに出るもつ煮

この部屋の十一月は日の差して

掌を出せばすぐ止む初時雨

返り花日を失へば悲しくて

遠くから人の近づく落葉かな

絵心のまつたくなくて冬林檎

入場券買つて見送る十二月

梟に話しかければ後ろ向き

雨のあと風入れ替はる寒さかな

綿虫のあはきいのちのあはきいろ

スピーチに寄鍋の火を小さくす

冬夕焼街に保護猫ボランティア

痛さうな風に吹かるる冬の蜂

朝市の人と日射と枯芙蓉

人参が芯まで熱きシチューかな

摑みたるものを離すな闇夜汁

冬の蠅白い灯りに白い壁

アイドリングストップ暖房も止まり

編みかけのセーターを背にあてられて
トレーから洗ひ流して鯨の血
ジェット機は羽田へ帰る冬の星

振り向かぬ帰り道なり冬の月

足音に尾を振る犬やクリスマス

数へ日の止まない雨となりにけり

寒オリオン鍵を掛けずにゆくポスト

帰りには花の増えをる枝垂梅

足跡のまだ濡れてをり犬ふぐり

鉤しっぽ立てながら来る春めける

畳屋に帰る畳や涅槃西風

蜆汁父から斜め前の席

一本の後ろに百の土筆かな

江戸川や土手の土筆の冷たくて

病院のテレビに春の甲子園

永き日のインコへインコ話しかけ

触らせてくるる野良猫うららけし

うららかや醤油の町のせんべい屋

春昼や石をめくれば動くもの

雨のあとたちまち晴るる春の星

一生を働かず死ぬ桃の花

いつまでも声は変はらず月朧

桜湯を置き式場へ歩き出す

囀やスタートライン引き直す

背凭れのある医師の椅子風光る

門限も待つ人もなき半仙戯

朝寝して朝の薬も昼に飲む

遠足のおやつのやうな供へ物

吾が脚を登り始むる子猫かな

くそ真面目ばか正直の吾に夏

母の亡き外猫の亡き五月来る

五月史上最も暑き日曜日

涼風が母の空より吹いて来る

梅雨ごもり椅子の上にも本を積み

デパートの柱に化石梅雨深し

玄関の大きな鏡明易し

よく笑ふ先生の夢明易し

吾が殺気油虫には伝はりぬ

時鳥母亡き日々を父生きる

ふいに来る浜昼顔に届く波

雀には大き過ぎたる毛虫かな

ギタリスト瓶のビールを飲み干して

後輩の手を渡り来る生ビール

五十路なら白いTシャツ着てゆかむ

五十路とは夏の終りの風のごと

夜濯や来世も母を介護せむ

あとがき

第二句集上梓後、母が亡くなりました。母は寝たきりで、何の反応もありませんでした。介護士さんや私以外の家族の前ではそうでしたが、私が面会に行き「母ちゃん来たよ」と言うと顔をしわくちゃにして笑うのです。母はちゃんとわかっていたのです。最後の日は母の部屋に泊まり、深夜一時半頃亡くなるのを見届けました。母は私に俳句を教えてくれました。この句集を母に報告したいと思います。

石田郷子先生には選句と序句をお願いいたしました。心より感謝申し上げます。

つげ忠男様には、この句集のために表紙の絵を描いていただきました。ありがとうございます。

令和六年三月吉日

後閑達雄

著者略歴

後閑達雄（ごかん・たつお）

昭和44年　神奈川県生まれ
平成３年　流通経済大学卒業
平成９年　俳句を始める
平成19年　「椋」入会
平成21年　第一句集『卵』上梓
平成26年　第二十五回俳人協会千葉県支部
　　　　　俳句大会一位
平成29年　第二句集『母の手』上梓

俳人協会会員

現住所　〒270-0103
　　　　千葉県流山市美原1-1224-1
　　　　フジマンション3-B

句集　カーネーション　椋叢書39

二〇二四年六月二四日　初版発行

著　者――後閑達雄

発行人――山岡喜美子

発行所――ふらんす堂

〒182-0002　東京都調布市仙川町一―一五―三八―二F

電　話――〇三（三三二六）九〇六一　FAX〇三（三三二六）六九一九

ホームページ　https://furansudo.com/　E-mail　info@furansudo.com

振　替――〇〇一七〇―一―一八四一七三

装　幀――和　兎

印刷所――壷屋製本㈱

製本所――壷屋製本㈱

定　価――本体二二〇〇円＋税

ISBN978-4-7814-1666-3　C0092　¥2200E

乱丁・落丁本はお取替えいたします。